빛과 기호의 묵상

빛과 기호의 묵상

초판인쇄 2021년 11월 1일
초판발행 2021년 11월 10일

이호연 그림
이호백 글

펴낸이 이호백
펴낸곳 도서출판재미마주
(우)03031 서울시 종로구 청운동 56-4
전화 (02) 720-8244 / 팩스 (02) 6442-6854
등록번호 제10-1051호/
등록일자 1994년 10월 20일

이메일 jaim@jaimimage.com
재미마주는 독자 여러분의 의견을 기다립니다.
ISBN 979-11-92098-00-5 03810

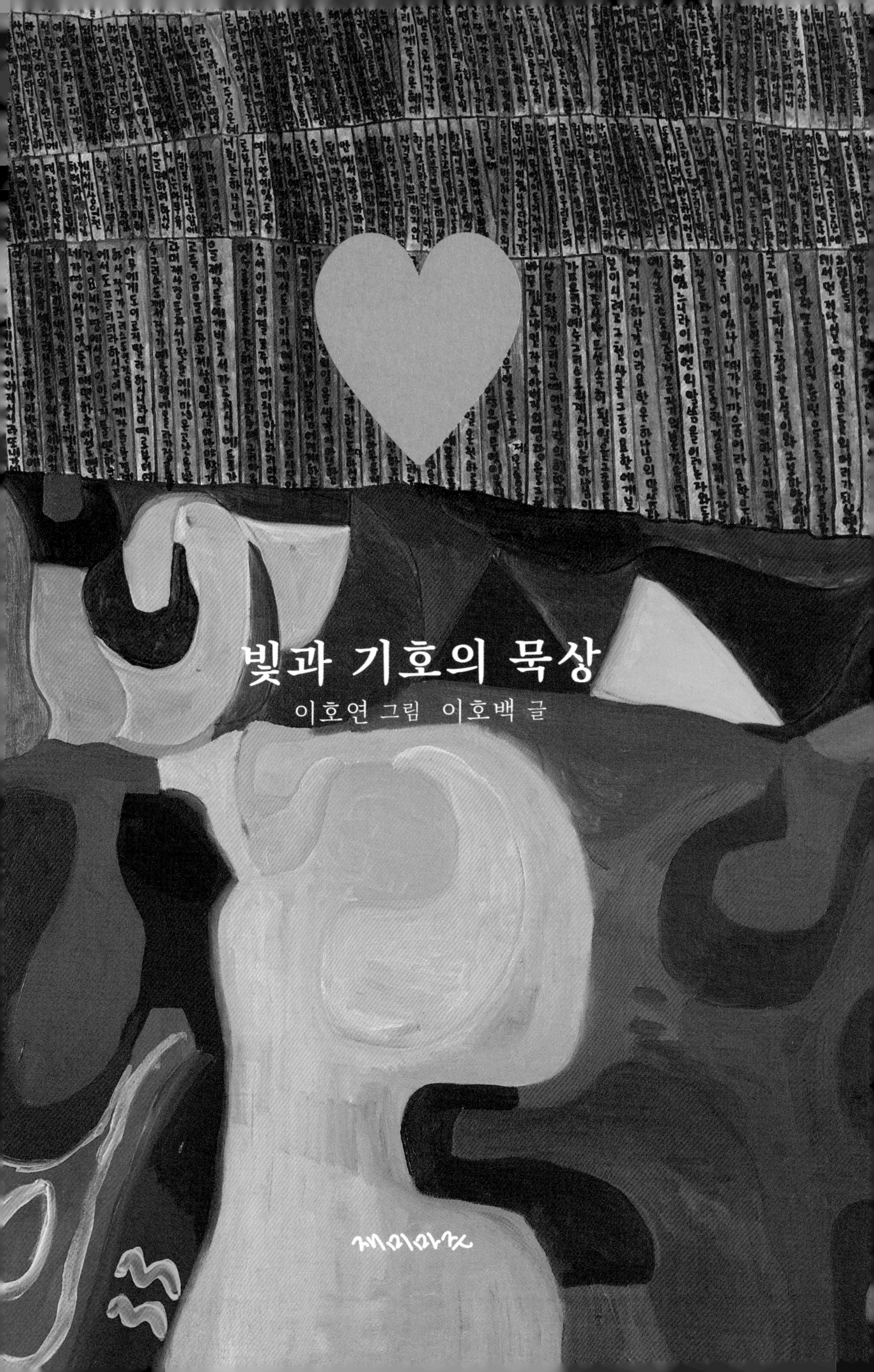

빛과 기호의 묵상

이호연 그림 이호백 글

?
질문의 시간

난 누구지?
왜 여기에 있지?

어디를 향해 가는 거지?

;
잠시 멈추는 시간

이대로 가면 안 돼;
잠시 생각 좀 해보자.

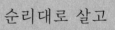

순리대로 살고

어둠 속에서도

문이 보일 거야.

( )
괄호의 순간

겉으로 드러난 나의 모습
(속 마음은 좀 다르지만)

마음속으로 믿는다는 것
(밖으로도 믿음을 주는 것).

합이 되는 순간

손을 잡는 순간
도움을 주고받는 순간

너와 나의 경계가 사라지는 순간.

바쁜 움직임도

도달할 곳이 있을 거야.

위안과 안식을 주는 곳으로….

!
감동의 시간

맞아!

이제야 알겠어!

얽히고설킨 그물이

복잡해 보이는 데다가…

저마다 자기 색을 가지고들
중심을 외치지만···.

" "

말씀의 시간

자유롭게 하리라.

갇혀 있는 날개도

날 때가 있을 거야.

너와 나의 믿음으로….

^^
미소의 시간

고마워^^

사랑해^^

어떤 화가들의 눈은 아주 특별합니다.
무슨 말이냐고요?
말하자면, 화가의 눈에 세상은
돈과 명예와 권력의 관계로 보이지 않고,
점과 선과 면의 관계로 보입니다.
그래서, 화가의 눈에 사람과 사람의 관계는
의존하거나 대립하는 것이 아닌
이 색과 다른 색의 공존입니다.

이호연 화가의 색들은 공존합니다.
이웃한 색들이 예측할 수 있는
옵티컬의 범주에서 선택된 색들이기보다
화가가 꿈꾸는 완성된 그림을 위해
무심코 선택하듯 가져온 색들입니다.
그래서 이웃한 색과 비슷한 색일 수도,
보색일 수도 있으며, 유난히 그 색만
두드러진 색일 수도 있습니다.

색깔 하나하나의 개성이 뚜렷한
모자이크를 이루어 나가지만
부분적으로 대상을 그려나가는
전통적 모자이크 그림과는 다릅니다.
무엇을 그렸는지를 알기 위해서는
완성된 그림을 거리를 두고 오랫동안
'묵상'을 하듯 바라보아야 합니다.
이호연 만의 '빛의 묵상'을 감상하기 위해
우리 스스로가 추상의 언어를 익혀
그 '묵상법'에 참여해야 합니다.

이호언 화가는 독실한 기독교인이라
성경 속 이야기를 많은 그림의
모티브로 삼고 있습니다.
우리가 성경을 표면적인 뜻으로 이해하지 않고
그 속에 내재된 의미를 살피는 일이 중요하듯,
이호연 그림의 소재인 성경 속 '장면'들은
그 내재된 뜻을 찾아가는 그만의 '묵상' 과정을
통해서 면과 색으로 분해됩니다.
그래서 구상이지만 추상인 것입니다.

추상을 구성하는 색과 형태의 울림이
곧 이호연만의 신앙 묵상법인 것입니다.
화사하게 퍼져나가는 따뜻한 색조를 비집고
냉철하고 시원한 청색조가 스며들거나
곁에 함께 머무릅니다.
강렬하게 대비를 이루는 보색들은 산과
바다의 모양이 되어 그 속에 안주합니다.

눈에 선명히 보이는 물질적 세상의 상식과
언어의 표면에 쉽게 안착할 수 있는
일차원적인 메시지를 넘어,
우리가 모르는 구도의 힘과 그 근원을
어떻게 말로 표현할 수 있을까요?

우리가 추상을 다룰 줄 아는 화가에게
의존하는 이유가 여기에 있습니다.

빛으로 '묵상'하는……
　　　　　　　　　　　　- 이호백(재미마주 대표)

말씀의 열매,
162x112cm, 유화

성경의 역사,
162x112cm, 유화

모세의 지팡이,
112x162cm, 유화

환희,
91x117cm, 유화

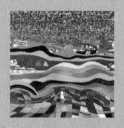

로마서,
100x100cm, 유화

생명의 말씀,
80x116.5cm, 유화

말씀의 여행,
80x116.5cm, 유화

최후의 만찬,
80x116.5cm, 유화

말씀의 어머니,
100x100cm, 유화

말씀의 역사,
72.7x100cm, 유화

낙서,
45.5x53cm, 유화

좁은 문 I,
45.5x53cm, 유화

거울을 보는 사람들,
45.5x53cm, 유화

좁은 문 II,
45.5x53cm, 유화

꿈,
53x45.5cm, 유화

표현의 흔적 I,
45.5x53cm, 유화

표현의 흔적 II,
53x45.5ccm, 유화

남녀의 바다,
45.5x53cm, 유화

화가 이호연

아티스트 이호연은 1982년 서울의 기독교 집안에서 출생하여, 어려서부터 늘 예술과 신앙이
함께하는 분위기에서 자랐다. 그만의 독특한 회화 기법은 회화사 속의 여러 추상적 표현에
대한 심도 깊은 탐구와 성경을 통한 묵상으로부터 얻은 맑은 영혼으로부터 만들어졌다.
백석예술대와 협성대학교 예술대학원에서 서양화를 전공하였고, 그후 미국의 더 아트
스튜던트 리그 뉴욕 스쿨(The Art Students League of New York / Contemporary
Studio Art Education)에서 세계적인 추상화가 밥 세네델라, 팻 립스키 등을 사사했다.
2017년부터 2018년에는 프랑스 파리의 아카데미 그랑쇼미에르(Academie Grande
Chaumiere of Paris)에서 수학하였다.
2012년 Chelsea New York USA 아고라 갤러리와의 계약을 기점으로 미국 뉴욕과
서울을 오가며 아티스트로서의 활동을 활발히 하고 있다.

- 주요 전시 및 작품활동 프로필
2021 개인전 '빛의 묵상', 인사아트센터
2020 개인전 '사람은 무엇으로 사는가', 예술의 전당
2016-2018~. 소망교회 "소망말씀나눔(월간)" 게재
2018 그랑팔레, 파리 아트 페어 FIAC, 프랑스 전시
2017 개인전 서울예술의전당
2016-2017-2018 한국기독미술협회전 청년작가상 수상 / 조선일보미술관 서울
2016-2017-2018 한국기독미술대전 수상 / 밀알미술관 서울
2016 김근태, 이호연 2인전. 통일부, KTX후원 통일열차 한반도를 달린다 전국 7곳
2015 아트북 〈예수님, 사랑의 예수님〉 문화체육관광부 후원 세종도서 교양부문 선정
2015 극동방송 개인초대전
2014 개인초대전 / 서울사랑의교회 갤러리
2013 Agora Gallery 멤버스 화가 초대 그룹전 / NYC
2012 Samsung Experience 초대 개인전 / NYC
2006, 2011 개인전시회 / 인사갤러리 서울

작가 이호백

이호백 작가는 서울대 미술대와 고려대 신문방송대학원을 졸업하고 파리 제2대학에서
커뮤니케이션과 이미지 인스티튜트를 수학했다. 문화·출판기획자로 또 그림책 작가로
작품 활동과 강연 활동을 열심히 하고 있다.
그동안 〈한글이 된 친구들〉, 〈토끼탈출〉, 〈도대체 그 동안 무슨 일이 일어났을까?〉,
〈쥐돌이는 화가〉 등에 글을 쓰고 그림을 그렸으며, 〈세상에서 제일 힘센 수탉〉,
〈나의 아틀리에〉, 〈예수님, 사랑의 예수님〉, 〈예수님, 지금 여기에〉 등에 글을 썼다.